CW00952420

Stephanie Schneider
Grimm und Möhrchen
Ein Zesel zieht ein

Stephanie Schneider, geboren 1972, studierte Freie Kunst an der Hochschule für Bildende Künste in Braunschweig und arbeitete auch als Grundschullehrerin. Seit 2004 folgt sie ihrem Kindheitstraum als hauptberufliche Autorin. Sie lebt mit ihrem Mann und zwei Töchtern in Hannover.

Stefanie Scharnberg wurde 1967 in Hamburg geboren, wo sie auch eine Buchhändlerlehre absolvierte. Sie ging nach Florenz, um Malerei zu studieren. 1992 kam sie nach Deutschland zurück, arbeitete wieder als Buchhändlerin und lebt heute als freie Illustratorin in Freiburg.

Stephanie Schneider

Grimm und Möhrchen

Ein Zesel zieht ein

Illustriert von
Stefanie Scharnberg

dtv

Für Julia Otto, ohne die wir beide uns
vielleicht nie kennengelernt hätten.

Stephanie Schneider
Stefanie Scharnberg

Originalausgabe
2. Auflage 2022
© 2022 dtv Verlagsgesellschaft mbH & Co. KG, München
Umschlagbild und -gestaltung: Stefanie Scharnberg
Satz: Fotosatz Amann, Memmingen
Gesetzt aus der Sabon
Druck und Bindung: Grafisches Centrum Cuno, Calbe
Printed in Germany · ISBN 978-3-423-76366-0

Ein Möhrchen für Grimm

An einem ganz normalen Nachmittag saß Grimm in seinem Buchladen und dichtete. Der Regen prasselte aufs Dach und trommelte gegen das Schaufenster. Bei dem Wetter verirrte sich kaum jemand hier zu ihm hinein. Und so saß er im Sessel neben der vergessenen Palme und kaute am Bleistift.

»Ich bin allein«, kritzelte er in sein Dichtungsheft. »Aber das macht nichts. Es gibt eben Wetter zum Verkaufen von Büchern und Wetter, um sie zu schreiben.« Das da draußen war eindeutig Schreibwetter.

Er legte den Stift beiseite und trat ans Schaufenster. In den Regalen um ihn herum standen und lagen Bücher. Auch neben der Kasse und auf dem kleinen, goldenen Tischchen in der Ecke, ja selbst auf dem Fußboden sta-

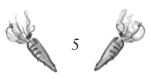

pelten sie sich. Es waren so viele, dass selbst der längste Regentag nicht gereicht hätte, um sie alle zu lesen.

Grimm schaute hinaus auf den Dorfplatz. Die Welt war sehr leer und tropfnass an diesem Nachmittag. Er seufzte. »Es wäre schon schöner, wenn jemand bei mir wäre«, sagte er zu sich und ging zurück zum Sessel.

In diesem Moment begannen die kleinen Glöckchen über der Ladentür zu bimmeln und die freiwillige Feline von der Feuerwehr stürmte herein.

»Oh, du bist es«, sagte Grimm und wurde auf der Stelle feuerwehrrot. Die freiwillige Feline war nämlich so tapfer, stark und schön wie sonst niemand im Dorf. Kein Wunder, dass Grimm etwas verliebt in sie war. Er räusperte sich.

»Welches Buch möchtest du kaufen?«

»Keines«, sagte Feline. Sie hielt ihm einen Topf vor die Nase. »Heute habe ICH mal was für DICH!«

Sie hob den Deckel an.

»Buchstabensuppe!«, schwärmte Grimm. Ihm wurde ganz warm im Bauch. Dabei hatte er die Suppe noch gar nicht probiert. »Danke, Feline. Isst du einen Teller mit?«

Aber Feline schüttelte den Kopf. »Geht leider nicht. Ich muss noch die Drehleiter reparieren und ein paar Katzenkinder retten.« Sie drückte ihm den Topf in die Hand und verschwand genauso feuerwehrschnell, wie sie gekommen war.

Grimm sah ihr nach und seufzte. Die freiwillige Feline war wirklich wunderbar. Wenn sie es nur nicht immer so schrecklich eilig gehabt hätte …

Er trug den Topf in die Küchenecke hinter dem Regal mit den Kochbüchern und schöpfte sich eine Portion Suppe. Nachdenklich schaute er auf den Teller. Buchstabennudeln, Lauch und Petersilie tanzten dort in der heißen Brühe. Es duftete wunderbar. Doch Grimm zögerte.

»Irgendwas fehlt noch. Aber was?«

Da bimmelte das Glöckchen vorne an der Ladentür schon wieder. Diesmal war es kein stürmisches Klingeln wie das von Feline, sondern nur ein kleines, vorsichtiges Bing-bing. Grimm legte den Löffel beiseite, um nachzusehen. Auf

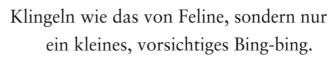
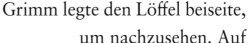

dem Leseteppich vor der Kasse hockte ein sehr kleiner Esel. Oder war es ein Zebra? Mit großen Augen schaute der seltsame Besucher zu ihm auf. Ein fleckiger Koffer stand neben ihm.

»Äh ... was kann ich für Sie ... für dich tun?«, fragte Grimm.

»Möhrchen«, flüsterte der Kleine und nieste.

»Tut mir leid, aber Möhrchen habe ich nicht«, sagte Grimm. »Du bist hier in einem Buchladen und nicht in einem Gemüseladen.«

»Schon klar, weiß ich doch«, flüsterte das Tier. Es schüttelte die langen Ohren, sodass die Regentropfen von ihm abperlten. »Ich will ja auch nichts kaufen. Ich *heiße* Möhrchen!« Es streckte ihm den Huf entgegen und lächelte.

Grimm wusste nicht recht, was er sagen sollte. Jemand, der hieß wie ein Gemüse, war ihm noch nie begegnet. »Willkommen«, murmelte er und schüttelte den Huf. »Ich bin Grimm.« Der kleine Besucher nieste noch einmal. Da sagte der Buchhändler schnell:

»Du bist ja ganz nass. Kann ich dir einen Teller heiße Suppe anbieten? So was ist gut gegen Erkältung«, erklärte er. »Und diese hier duftet ganz besonders lecker. Der fehlt nur noch …«

»Ein Möhrchen?«, schlug der kleine Besucher vor und legte den Kopf schief. Auf Grimms Gesicht erschien ein suppenwarmes Lächeln. »Genau.«

10

Also nahm der Buchhändler ihn mit in die kleine Küche hinter den Kochbüchern und stellte ihm einen Teller vor die Nase. Hungrig schlürfte Möhrchen die Brühe in sich hinein. Grimm schaute ihm dabei zu und von Minute zu Minute wurde er fröhlicher.

»Sag mal, was bist du eigentlich?«, wollte er wissen.

»Ich bin satt«, sagte der Kleine und schob den Teller von sich weg. Der Buchhändler lachte auf.

»Und was bist du sonst noch? So was wie dich habe ich noch nie gesehen.«

»Ich bin ein Zesel. Ein bisschen Esel und ein bisschen Zebra. Von jedem etwas und von beidem das Beste.«

»Du bist aber sehr klein für einen Zebra-Esel«, gab Grimm zu bedenken, während er das Geschirr beiseiteräumte. Da wurde der Zesel rot und blickte zu Boden. »Na und? Das heißt gar nichts. Jeder fängt mal klein an.« Er ließ sich vom Stuhl rutschen, lief nach vorne in den Laden und hopste zwischen den winzigen Büchertischen und engen, vollgestopften Regalen hin und her. »Gerade deshalb passe ich auch so gut hierher. Bei dir ist ja auch alles sehr, sehr klein. Wir können zusammen eine Menge Geschichten erleben. Und du schreibst sie auf.«

»Woher weißt du …?«, stotterte der Buchhändler. Jetzt war es Grimm, der rot wurde. Dass er ein heimlicher

Dichter war, wusste schließlich niemand im Dorf. Nicht einmal sein Freund Rudi oder die freiwillige Feline. Aber Möhrchen plapperte einfach weiter. Er schleppte den Koffer heran und erklärte: »Du schreibst einfach alles auf, was wir machen. Und wenn das Buch fertig ist, dann liest du mir abends daraus vor. Das wird gemüüüütlich.«

Der kleine Zesel hielt inne. »Weißt du, ich bin schon lange auf der Suche nach dir«, sagte er und sah plötzlich sehr müde aus. »Als ich deinen Namen auf dem Schild draußen an der Tür sah, da wusste ich, dass ich endlich am Ziel bin.«

Möhrchen klappte den Koffer auf und zerrte ein Buch heraus. Es war ein ziemlich dicker Wälzer. Unten schauten ein schwarzes und ein weißes Lesebändchen heraus. Fast wie zwei kleine Zeselschwänzchen sahen sie aus. Feierlich überreichte Möhrchen das Buch seinem Gegenüber und der las vor:

»Grimms Möhrchen.« Mit einem Ruck hob Grimm den roten Lockenkopf. »Es gibt ein Buch über dich und mich?«

»Noch nicht«, sagte Möhrchen. Er schlug die erste Seite auf. Sie war leer. Der kleine Zesel tippte auf das weiße Papier. »Deshalb bin ich ja hier. Am besten, du fängst gleich an.«

Grimm rührte sich nicht. Er starrte auf das Buch in seinen Händen und sah nachdenklich aus.

»Na los. Fang an!«, drängelte Möhrchen. »Du sollst nicht nur gucken, sondern schreiben!«

Er schob Grimm mitsamt dem Buch zum Lesesessel. Und so setzte der sich brav hin, nahm den gelben Bleistift zur Hand und machte sich an die Arbeit. Der kleine Zesel kletterte auf die Armlehne.

»An einem ganz normalen Nachmittag«, diktierte Grimm sich selbst in die Feder, »saß Grimm in seinem Buchladen und dichtete. Der Regen prasselte aufs Dach

und trommelte gegen das Schaufenster. Bei dem Wetter verirrte sich kaum jemand hier zu ihm hinein.«

»Das klingt gut. Weiter so«, lobte ihn Möhrchen. »Ich bin ja so gespannt, wie es weitergeht.«

»Und ich erst!«, murmelte Grimm. Er schrieb und schrieb und die Buchstaben flogen wie von selbst aufs Papier. So lange, bis vier Seiten voll und das erste Kapitel von ›Grimms Möhrchen‹ fertig war. Noch hatte er keine Ahnung, was in der nächsten Geschichte passieren würde. Grimm wusste nur eines: Ab heute war er nicht mehr allein.

Grimm und Möhrchen gehen nach Hause

Von jetzt an verflog die Zeit in der Bücherkiste nur so. Es gab ja so vieles, was Möhrchen noch nicht kannte. Während draußen der Regen aufs Dach trommelte, brachte Grimm dem Zesel bei, wie man hier in seinem Laden die Bücher stapelte und Kaffee kochte und die Kasse bediente.

Erst als die Zeiger der Wanduhr auf sechs standen, ließ der Regen endlich nach. Da hängte Grimm das goldene »Wir-haben-geschlossen-Schild« an die Eingangstür und erklärte: »Feierabend!«

»Und was kommt jetzt?«, fragte Möhrchen.

»Jetzt gehen wir nach Hause«, sagte Grimm.

Der kleine Zesel staunte. »Moment mal. Wohnst du denn gar nicht hier?« Er zeigte auf die Regale und die Leseecke neben der vergessenen Palme.

Grimm kräuselte die Nase mit den Sommersprossen und lachte. »Natürlich nicht! Dies ist ein Buchladen. Hier kann man doch nicht wohnen.«

»Ach, ich finde es ganz gemütlich«, murmelte Möhrchen. Er konnte sich kein schöneres Zuhause vorstellen.

»Komm«, sagte Grimm. Er nahm den fleckigen Koffer, trat hinaus auf die Straße und verriegelte die Ladentür. Hand in Huf ging er mit seinem Gast durchs Dorf. Vor-

bei an der Feuerwehr und über die Brücke am Liebesbach, bis sie an einen Zaun mit einem weißen Haus da-
hinter kamen.

»Hier wohne ich«, sagt Grimm.

Möhrchen reckte den Hals. Rund um das Haus wu-
cherte ein wilder Garten. Vorne an der Pforte war eine
große, windschiefe Sieben angebracht. Möhrchen tippte
mit dem Huf dagegen und die rote Sieben schaukelte hin
und her.

»Sie ist schief, ich weiß«, sagt Grimm und zupfte sich
die Locken »Ich wollte sie längst wieder gerade aufhän-
gen.« Aber Möhrchen winkte ab.

»Macht doch nichts. Ich finde schief gerade schön.«

Grimm öffnete die Pforte. Der kleine Zesel tapste hinter
ihm her zum Haus. Staunend betrachtete er all die Sträu-
cher und Kräuter und Blumen rechts und links des Weges.
Ganz hinten im Garten entdeckte er sogar einen Strand-
korb im hohen Gras.

»Das hier ist eine tolle Wiese«, schwärmte Möhrchen.
»Auf der kann man bestimmt gut Fußball spielen, oder?«

Der Buchhändler zuckte mit den Schultern.

»Keine Ahnung, das hab ich noch nicht ausprobiert.«

»Warum denn nicht?«

»Ein großer Garten reicht nicht aus«, erklärte Grimm. »Man braucht ja auch noch jemanden, der mitspielt.«

»Stimmt«, sagte Möhrchen. Darüber hatte er noch nie nachgedacht.

Der Buchhändler schloss die Tür auf.

»Willkommen«, sagte er und führte den kleinen Zesel in die Küche, denn es war Zeit fürs Abendessen.

Anschließend zeigte Grimm seinem neuen Freund den Rest des Hauses. Besonders gut gefiel Möhrchen das Schlafzimmer.

»Deine Kissen sind prima«, sagte er. »Machst du mit denen abends Kissenschlacht?«

Grimm bekam rote Ohren. »Nee, du«, murmelte er. »Kissenschlacht ist wie Fußball. Das funktioniert nicht allein.«

Möhrchen legte den Kopf schief.

»Mir scheint, du bist ein bisschen oft allein.« Er griff nach Grimms großer Hand und tätschelte sie. »Aber keine Sorge, damit ist jetzt Schluss. Ab heute hast du ja mich«, sagte er. »Mit mir kann man Kissenball spielen und Fußballschlachten machen und alles, was einem sonst noch so einfällt.«

»Ja, so was wie du hat mir gerade noch gefehlt«, sagte Grimm und bekam gleich wieder dieses nudelsuppenwarme Gefühl im Bauch.

»Jetzt brauchst du nur noch ein Bett«, bemerkte er. Doch der kleine Zesel winkte ab und holte seinen Koffer aus dem Flur.

»Nicht nötig. Ich hab mein eigenes dabei«, sagte er und ließ den Buchhändler hineinschauen. »Bitte schön!«

Ein kariertes Kissen und eine Decke lagen darin. Sehr gemütlich sah das aus. Fast wie ein Puppenbett und gerade richtig groß für einen kleinen Zesel.

»Am besten, wir stellen mein Bett gleich neben deines. Da kannst du mir dann immer schön beim Schnarchen zuhören, wenn du mal nicht einschlafen kannst.«

20

Und so putzten sie sich schnell die Zähne und kuschelten sich zum ersten Mal gemeinsam unter ihre Bettdecken. Der Buchhändler knipste das Licht aus. Er schaute zur Zimmerdecke und wackelte mit den Zehen. So glücklich hatte er sich schon lange nicht mehr gefühlt.

»Soll ich dir noch eine Gutenachtgeschichte erzählen?«, fragte er in die Dunkelheit, aber der kleine Zesel antwortete nicht. Er schlief schon tief und fest. Reisen macht eben müde.

»Gute Nacht«, flüsterte Grimm. Ganz ohne Geschichte, aber mit einem nudelsuppenwarmen Gefühl im Bauch.

Grimm und Möhrchen
machen Kopfstand

Der nächste Tag war zum Glück ein Sonntag. So hatten Grimm und Möhrchen viel Zeit zum Kennenlernen. Sie machten ein wildes Zeselrennen um den Frühstückstisch,

spielten Doppeltopf und anschließend Mau-Mau mit Käse-
brot. Und Grimm spürte bis in die Lockenspitzen, wie viel
schöner es war, nicht mehr alleine zu sein.

»Und jetzt?«, fragte Grimm, als ihnen keine Spiele mehr
einfielen. »Wollen wir uns einen Pudding kochen?«

»Oh ja!«, rief Möhrchen.

Da nahm der Buchhändler einen Topf aus dem Schrank
und stellte ihn auf den Herd. Er fand Zucker und Vanille.
Dann holte er die Milch aus dem Kühlschrank und sah
sich um.

»Was ist?«, fragte Möhrchen.

»Ich kann die Eier nicht finden«, sagte Grimm.

Der kleine Zesel zuckte mit den Schultern. »Na und?

23

Ist doch egal. Wir wollen schließlich Pudding kochen und keine Eier.«

»Schon, aber Eier braucht man trotzdem, wenn man einen echten Pudding machen will.« Suchend öffnete der Buchhändler eine Klappe nach der anderen. »Ich bin mir ganz sicher, dass ich irgendwo noch welche gesehen habe«, murmelte er.

»Ich helfe dir«, sagte Möhrchen. Gemeinsam schoben sie Geschirr und Konservendosen zur Seite, durchsuchten die Regale und sahen vorsichtshalber sogar im Backofen nach. Man weiß ja nie. Die Eier jedoch blieben verschwunden.

Der Buchhändler raufte sich die Locken. »So funktioniert das nicht«, sagte er und betrachtete das Chaos um sie herum. »Ich glaube, wir müssen hier erst mal etwas Ordnung machen.«

Das aber gefiel dem kleinen Zesel überhaupt nicht. »Wir wollten doch Pudding kochen und nicht aufräumen!«, maulte er.

»Tut mir leid. Anders geht es nicht. Wenn wir nicht aufräumen, dann finden wir die Eier nicht. Und ohne Eier kann ich nun mal keinen Pudding kochen, selbst wenn ich mich auf den Kopf stelle.«

Möhrchen spitzte die Ohren.

»Du kannst auf dem Kopf stehen? So was kannst du?«
Mit einem Satz hüpfte er vom Küchenschrank.

»Das möchte ich sehen«, rief er. »Bitte, Grimm, stell
dich auf den Kopf!«

»Na gut«, sagte der Buchhändler. »Machen wir also
eine Runde Kopfstand. Aber danach wird aufgeräumt, in
Ordnung?«

»Versprochen«, sagte der kleine Zesel und nickte eifrig. Grimm nahm ein Kissen von der Küchenbank und legte es auf den Fußboden. Dann stellte er sich auf den Kopf. Einfach so und mal eben. Kerzengerade ragten seine langen Jeanshosenbeine in die Luft. »Toll machst du das«, schwärmte Möhrchen und probierte es ebenfalls.

Doch sosehr er sich auch bemühte, er fiel jedes Mal sofort um. Kaum warf er die Hufe in die Luft, kippte er schon wieder zur Seite und plumpste auf die Küchenfliesen.

Da holte er sich den leeren Puddingtopf vom Herd, drehte ihn um und stieg hinauf.

»Schau mal, Grimm. Ich mache einen Topfstand«, rief der kleine Zesel und balancierte auf einem Bein wie eine Ballerina. »Das ist fast wie Kopfstand, nur noch besser. Von hier oben sieht die Welt ganz anders aus.«

»Was siehst du denn?«, wollte Grimm wissen. Möhrchen ließ die Blicke durch die Küche schweifen.

»Eine Lampe, einen Pfefferstreuer, die Teller, Marmelade, Spielkarten, deine Schuhe, die Küchenbank«, zählte

er auf, doch dann verstummte er plötzlich. Mit einem Satz hüpfte er von seinem Puddingtopf und rief:

»Ich weiß jetzt, wo die Eier sind!« Er lief zur Küchenbank und zog eine Schachtel hervor. »Sie hatten sich unter der Zeitung versteckt.«

Grimm stellte sich wieder auf die Füße und lächelte. »So ein Glück, dass du Topfstand gemacht hast«, sagte er. »Dann können wir jetzt doch noch unseren Pudding kochen.« Dann wurde er ernst. »Aber erst wird hier aufgeräumt. Das haben wir vorhin versprochen.«

»Stimmt, da haben wir uns vorhin wohl versprochen«, sagte Möhrchen leichthin und stellte den Topf zurück auf den Herd. »Jetzt haben wir die Eier zum Glück ja schon gefunden. Warum sollten wir da noch aufräumen?«

»Ja, warum eigentlich?«, überlegte Grimm und das glückliche Lächeln kehrte zurück in seine Augen. Mit ein bisschen Unordnung, das wusste ja jeder, schmeckte so ein Pudding doch gleich noch mal so gut.

Grimm und Möhrchen und die vergessenen Wörter

Als Möhrchen am Montagmorgen aus seinem Koffer krabbelte und die Treppe herunterkam, saß Grimm bereits fix und fertig angezogen am Frühstückstisch. Der kleine Zesel kratzte sich verschlafen die Streifen und gähnte.

»Warum bist du denn schon so früh auf?«, fragte er.

»Na, ich muss doch in die Bücherkiste. Kommst du mit?«

Möhrchen runzelte die Stirn. »Jetzt willst du mich aber reinlegen, oder? Ein großer Mann wie du passt doch nicht in eine Bücherkiste!«

Der Buchhändler lächelte. »Ich meine doch keine normale Bücherkiste. Mein Laden heißt so. Hast du den Namen draußen über der Tür nicht gesehen?«

Möhrchen schüttelte den Kopf. Natürlich war da dieses große Schild mit den erdbeerroten Buchstaben gewesen, als er angekommen war. Aber alles, worauf er im Regen geachtet hatte, war der Name »Grimm«.

Möhrchen krabbelte auf die Küchenbank und biss in ein Brötchen. »Also, wenn das so ist«, sagte er kauend »dann komme ich natürlich mit.«

Gleich nach dem Frühstück machten sie sich auf den Weg. Während Grimm den Leuten die Bücher verkaufte, wuselte Möhrchen zwischen den Regalen und Tischen herum. Der kleine Zesel hatte sich genau gemerkt, was zu tun war. Er lief in die Küchenecke hinter den Kochbüchern und setzte frischen Kaffee auf. Er stapelte die Liebesromane neu, staubte die Kasse ab und goss Wasser auf die fleißigen Leselieschen neben der Kasse. Die beiden waren ein prima Team.

Um die Mittagszeit herum wurde es ruhiger im Laden.

»Das Regal mit den Detektivgeschichten ist leer«, stellte Grimm fest und ging in den Keller, um Nachschub zu holen. Doch kaum war der Buchhändler verschwunden, da bimmelten die Glöckchen an der Ladentür erneut.

»Wer Bücher stapeln kann, der kann sie sicher auch verkaufen«, sagte sich Möhrchen und stapfte zur Eingangstür. Dort wartete die freiwillige Feline.

»Guten Tag, was kann ich für Sie tun?«, fragte er. Ganz so, wie er es bei Grimm gesehen hatte. Die Frau mit den lustigen Zöpfen staunte nicht schlecht.

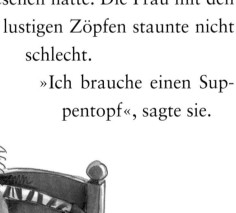

»Ich brauche einen Suppentopf«, sagte sie.

Möhrchen schüttelte die Ohren.

»Tut mir leid, so was führen wir leider nicht«, sagte er vornehm. »In unserem Laden gibt es nur Bücher. Wollen Sie vielleicht mal eines ausprobieren? Ich empfehle Ihnen ein Kinderbuch. Die sind am besten.« Er reichte der freiwilligen Feline eines mit einer Giraffe.

Feline kicherte so, dass ihre Zöpfe hüpften. »Du bist lustig«, sagte sie. »Das gefällt mir.«

In diesem Moment kam Grimm die Kellertreppe heraufgestapft. Als er sah, wer gekommen war, wurden seine Ohren feuerwehrrot.

»Darf ich vorstellen?«, stotterte er. »Das hier ist die freiwillige Feline. Und das hier« – er zeigte auf den kleinen Zesel – »ist Möhrchen. Er wohnt seit Samstag bei mir.«

»Oh, das ist gut«, sagte Feline. »Ein Möhrchen kann man ja immer gebrauchen. Ich bin gekommen, um meinen Topf abzuholen. Der wohnt ja auch seit Samstag bei dir.«

Grimm verschwand und kam mit dem Buchstabensuppentopf zurück.

»Vielen Dank für das Essen«, sagte er und schenkte Feline sein schönstes Lächeln. »Deine Suppe war ein Gedicht!«

Möhrchen spitzte die Ohren. »Ein Gedicht? Das will ich hören«, sagte er. »Ich hoffe, es ist eines, das sich reimt? Die mag ich nämlich am liebsten.«

»Grimm meint kein echtes Gedicht«, erklärte Feline. »Das sagt man nur so. Es ist eine etwas altmodische Art zu sagen, dass etwas besonders lecker war.«

Der Buchhändler nickte. »Stimmt. Altmodische Wörter klingen nämlich immer so gut«, schwärmte er. »Aber die meisten von ihnen werden so selten benutzt, dass wir sie schon fast vergessen haben. Hackepeter und Pustekuchen zum Beispiel. Oder Anstandswauwau. Und Kokolores.«

Er deutet auf die Bücher an den Wänden. »All diese Wörter stehen unbenutzt in der Ecke. Dabei sind sie viel zu schön, um in den Geschichten zu verstauben.«

Grimm griff nach seinem heimlichen Dichtungsheft. »Ich glaube, es gibt sogar das passende Gedicht dazu«, murmelte er, blätterte ein bisschen und begann vorzulesen:

Hutschefidel, Bollerwagen,
Schneegestöber, Eiertanz,
Trödelliese, Matschepampe,
Luftikus und Firlefanz.

Ohrenschmaus und Nachtkonsölchen,
Kaffeeprütt und Silberfisch
Wasserwelle, Knickerbocker
Küchenfreund und Katzentisch.

Quetschkommode, Schneiderkreide
Schmackofatz und Mumenschanz
Kauderwelsch und Pillepalle
Sudelei und Ringelschwanz.

Möhrchen und Feline applaudierten.

»Toll!«, rief Feline. »Solche Wörter dürfen wirklich nicht vergessen werden.«

Der kleine Zesel war ganz ihrer Meinung.

»Wir können sie ja aus den Büchern rausholen. Ich weiß auch schon, wie wir es machen«, schlug er vor. Und dann erklärte er den anderen, was sie zu tun hatten.

Grimm übernahm das Vorlesen. Seite für Seite durchsuchte er die Bücher im Laden nach vergessenen Wör-

tern. Die freiwillige Feline pinselte sie dann in Schön-schrift auf kleine Papiere. Und Möhrchen schmückte mit ihnen den Laden.

Bald baumelten und wehten überall zwischen den Rega-len wundersame Wörter wie Wäsche auf der Leine.

»So ist es gut«, sagte Möhrchen zufrieden. »Jetzt kann man sie prima sehen und sich an sie erinnern.«

Grimm nickte. »Ab heute darf sich jeder, der hier he-reinkommt, ein Wort aussuchen und mit nach Hause nehmen.«

»Oh ja! Dann nehme ich den Anstandswauwau«, rief Feline und ihre Augen begannen zu strahlen. Einen Hund wünschte sie sich schon lange. Und zum Vergessen und Verstauben war dieser hier ganz sicher viel zu schade.

Grimm und Möhrchen
bauen eine Rakete

Einmal entdeckte Möhrchen am Straßenrand einen großen Haufen Papier. Der ganze Gehweg stand voll mit Schachteln, Kartons und Bergen von alten Zeitschriften. Seine Augen fingen an zu leuchten.

»Was ist das?«, fragte er. Grimm winkte ab.

»Ach, das ist nur Altpapier«, erklärte er. »Das wird morgen vom Müllwagen abgeholt.«

Der Buchhändler wollte schon zurück ins Haus gehen, doch Möhrchen hielt ihn fest.

»Aber nein!«, rief er und schüttelte die Ohren. »Schau mal ganz genau hin. Das ist kein Müll. Das ist eine Rakete!« Und nun sah Grimm es auch: Aus dem Berg aus Schachteln, Papier und Kartons ragte eine wunderbare Rakete in den Himmel.

 37

»Ich kann nicht glauben, dass jemand so was Tolles einfach so an die Straße stellt«, sagte Möhrchen. Er zog Grimm zur Gartenpforte. »Komm mit, die holen wir uns. Ein Raumschiff wollte ich immer schon mal haben.«

Mit Grimms Hilfe schleppte er die Kartons in ihren Garten. Die Rakete war perfekt. Sie brauchte nur noch ein paar kleine Umbauten. Während der Buchhändler wieder zurück ins Haus ging, begann der kleine Zesel zu

basteln. Schon bald hörte man ihn draußen vor dem Vogelfenster arbeiten.

Als Möhrchen wieder in der Küche erschien, glänzten seine Augen.

»Ich dreh dann mal eine Runde durchs All. Willst du mitfliegen?«

»Aber gerne«, sagte Grimm und folgte ihm in den Garten.

Möhrchen überreichte ihm einen Helm und ein Funkgerät, denn so was brauchen Astronauten. Dann stiegen sie ein.

Das aber war gar nicht so einfach. Die Rakete sah zwar toll aus, nur war es leider sehr eng in der Kabine. Die meisten solcher Raumschiffe sind eben nicht für Buchhändler gemacht, sondern eher für kleine gestreifte Astronauten.

Als beide endlich einen Platz gefunden hatten, konnten sie starten. Der kleine Zesel gab ein Zeichen und der Buchhändler begann zu zählen.

»Zehn, neun, acht, sieben …«, kommandierte er ins Klorollenfunkgerät.

Möhrchen fing an zu trampeln. Immer schneller stampfte er mit seinen kleinen Hufen auf den Boden der Kiste und der Raketenkarton wackelte und donnerte nur so unter seinen Hufen.

»Das ist aber laut!«, rief Grimm gegen das Getöse an.

Der kleine Zesel strahlte. »Toll, nicht wahr?«

Plötzlich aber stoppte Möhrchen, riss die Raketentür auf und flitzte zum Haus.

»Ich habe was Wichtiges vergessen«, rief er. »Wir brauchen ja Proviant!«

Als er zurückkam, trug er einen Korb, randvoll mit guten Sachen: Saft und Brötchen, Blaubeerjoghurt, Bananenbrot, Käse und vieles mehr.

»So, jetzt sind wir versorgt. Für die ersten Tage müsste das hier reichen.« Er drückte Grimm den Proviant in die Hand und kletterte dann selbst hinterher.

Jetzt war es so eng im Pappkarton, dass Möhrchen kaum noch trampeln konnte. Der kleine Zesel startete trotzdem erneut die Rakete. Es rumpelte und wackelte eine Weile, bis Grimm plötzlich die Hand hob.

»Lausch mal«, sagte der Buchhändler. Möhrchen spitzte die Ohren.

»Ich hör nix.«

»Ja, eben«, flüsterte der Buchhändler. »Das ist das Welt-all. Hier oben gibt es keinen Lärm und kein Getrampel mehr. Nur Sternenstaub und Weite.«

Da wurde Möhrchen mit einem Male ganz feierlich zumute. Ganz dicht an Grimm gekuschelt saß der kleine Zesel im Pappkarton und linste aus dem schmalen Loch in der Raketentür. Die Welt da draußen mit all ihrem Weltall sah wunderbar und wunderlich aus.

»In mir kribbelt es vom Kopf bis in die Hufe«, flüsterte der Zesel. »Ich wünschte, wir könnten ewig so weiterfliegen.«

Der Buchhändler nickte. Für Ewigkeiten war er zu haben. So saßen sie lange einfach nur da, drückten ab und zu ein paar wichtige Knöpfe und lauschten in den Sternengarten.

Doch da verzog Grimm auf einmal das Gesicht.

»Möhrchen, wir haben ein Problem«, sagte er in sein Klorollenfunkgerät. Erschrocken schaute der Zesel zu ihm auf.

»Was ist los? Ist ein Triebwerk ausgefallen? Oder ist der Sternenzähler kaputt?«

Grimm schüttelte den Kopf. »Schlimmer«, sagte er und stöhnte auf. »Mein Bein ist eingeschlafen.«

Das war kein Wunder, denn der Buchhändler saß ziemlich eingequetscht in der Raketenkiste. Deshalb traten sie auf der Stelle den Heimweg an.

Der Buchhändler öffnete die Waschmaschinenkartontür
und krabbelte mit dem Picknickkorb ins Freie. Er hatte
es so eilig, dass sämtliche Raketenschachteln umstürzten
und der Länge nach ins Gras purzelten.

»Dies ist eine große Rakete für einen Zesel. Aber nur
eine kleine für einen Menschen«, stöhnte Grimm. Er rap-
pelte sich auf und hopste so lange auf einem Bein durch
die Gänseblümchen, bis sein Bein wieder wach wurde.

Erleichtert ließ er sich neben seinem Zesel in den Strand-
korb fallen. »Das hat Spaß gemacht. Nur um die Rakete
ist es schade«, keuchte er und zeigte auf die umgeworfe-
nen Kartons.

Da aber sagte Möhrchen etwas Seltsames: »Welche
Rakete denn?«, fragte er. »Ich sehe dort im Gras nur
einen Drachen.«

Der Buchhändler verstand nur Bahnhof. Verwirrt betrachtete er den Haufen Altpapier. Dann aber sah er noch ein bisschen genauer hin. Und da begriff er plötzlich, wovon Möhrchen sprach. Ein breites Grinsen erschien auf Grimms Gesicht.

»Tatsächlich!«, rief er aus. »Da liegt ja ein Drache bei uns im Garten. Wer hätte das gedacht? Meinst du, er ist gefährlich?«

Möhrchen strahlte. »Das kann man nie so genau sagen«, flüsterte er und machte ein sehr wichtiges Gesicht. Er zeigte auf den Proviantkorb in Grimms Hand.

»Die meisten Drachen sind harmlos. Allerdings nur, solange sie satt sind«, sagte er warnend.

Und so breiteten sie die Picknickdecke aus und spielten als Nächstes Drachenzähmen. Sicher ist sicher. Und anschließend Turmbau. Und Schuhkartonweitwurf. Wer einen Haufen Altpapier vor der Nase hat, dem wird bestimmt nicht so schnell langweilig.

Grimm und Möhrchen und das »Tankeschön«

Eines Abends, als Möhrchen aus dem Fenster schaute, sah er jemanden vom Grundstück nebenan herüberschlendern.

»Das ist mein Freund Rudi!«, sagte Grimm und legte sein Buch zur Seite. Er holte Limonade aus dem Kühlschrank und ging mit dem Zesel nach draußen. Dort am Zaun zwischen den gelben Blumen wartete ein kräftiger Mann mit Latzhose und einer wunderschönen Glatze.

»Schön, dass du mal wieder vorbeikommst«, sagte Grimm, reichte ihm eine Flasche Rhabarberschorle. »Wir haben uns ja viel zu lange nicht gesehen. Da kannst du gleich mal meinen Zesel kennenlernen.«

»Ja, ich habe schon von dir gehört«, sagte Rudi und gab Möhrchen die Hand.

 47

Dann standen die beiden Männer – wie so oft zum Feierabend – zusammen am Gartenzaun. Sie nippten an ihrer Limonade, beobachteten die Wolken und schauten nach, ob der Apfelbaum schon blühte.

Möhrchen gefielen die Wolkenzüge und Blütenblicke. Aber einfach nur herumzustehen, das fand er dann doch ein wenig langweilig.

»Lasst uns was spielen«, schlug er vor.

»Meinetwegen«, sagte Rudi. »Spielen wir das Farbenspiel.« Er warf einen Blick auf die Straße und erklärte: »Ich wette, das nächste Auto, das vorbeifährt, ist rot.«

Grimm wettete dagegen: »Nein, es ist blau.«

»Ich tippe auf suppengrün«, sagte der kleine Zesel. Dann warteten sie, bis das nächste Auto durch die Dorfstraße fuhr, um zu sehen, wer von ihnen richtig geraten hatte. Es dauerte nicht lange, da rumpelte ein roter Lieferwagen um die Ecke.

»1:0 für Rudi!«, rief Möhrchen. »Aber warte nur, das nächste Mal gewinnst du nicht.« So rieten sie eine Runde nach der anderen und hatten eine Menge Spaß.

Am nächsten Abend schickte sich Grimm wieder an, das Haus zu verlassen.

»Triffst du dich am Gartenzaun? So wie gestern?«, wollte Möhrchen wissen.

»Nein«, sagte er. »Diesmal gehe ich rüber zu Rudi.«

»Da komm ich mit«, erklärte der Zesel und hopste neben dem Buchhändler her nach nebenan. Die kleine Tankstelle kannte er bisher nur vom Vorbeigehen. Höchste Zeit, sich Rudis Zuhause mal genauer anzuschauen.

Der saß in seinem Kassenhäuschen und freute sich über den Besuch. Er holte Rhabarberschorle für alle und deutete auf ein großes Glas mit Lollis.

»Greif zu«, sagte er zu Möhrchen. Das ließ sich der kleine Zesel nicht zweimal sagen. Er griff nach einem Zitronenlutscher und schaute sich um.

An so einer Tankstelle gibt es schließlich jede Menge zu sehen. Neben den Geranien stand ein Wassereimer mit einem Schwamm und einem Scheibenwischer drin. Über der Tür leuchtete das Schild mit den großen Tanke-schön-Buchstaben. Und immer, wenn ein Auto an der Zapfsäule hielt, ging Rudi hinaus, nahm den Schlauch und füllte Benzin in den Tank.

Dann aber kam ein lila Wagen. Der fuhr am Häuschen vorbei und rollte hinten auf den Hof.

»Wo will der denn hin?«, fragte Möhrchen.

Rudi erklärte es ihm: »Hinter dem Haus habe ich eine Waschanlage. Also ein richtiges Badezimmer mit Sham-poo, Föhn und allem Drum und Dran. Und da geht das Auto jetzt duschen.«

Möhrchens Augen wurden ganz groß. »Stimmt das?«

»Na klar. Komm, ich zeige sie dir«, sagte Rudi und ging mit ihm hinter das Kassenhäuschen. Dort stand das lila Auto in einer seltsamen Garage.

Rudi drückte auf einen Knopf an der Wand. Auf der Stelle begann eine Maschine zu dröhnen. Wie von riesi-gen Zauberhänden wurde das Auto eingeseift und ge-bürstet, abgespült und getrocknet.

»Tatsächlich! Eine Riesendusche!«, rief der kleine Zesel und hüpfte von einem Bein aufs andere. »Tankstel-

len sind wunderbar! Los, Grimm, hol dein Auto. Dann probieren wir die Schaummaschine auch mal aus. Und den Wassereimer. Und das Schlauchsäulengezapfe!«

Aber der Buchhändler rührte sich nicht. »Weißt du«, sagte er und bekam rote Ohren. »Ich habe gar kein Auto.«

Als Möhrchen das hörte, hörte er auf der Stelle auf, auf der Stelle zu hopsen. »Ach«, sagte er. »Warum nicht?«

»Nun, ich habe ja mein schönes, altes Rosenrad. Drüben bei mir im Schuppen. Das reicht.«

»Schaaaaade«, sagte Möhrchen und ließ die Ohren hängen. Zu gerne hätte er all die schönen Sachen hier an der Tankstelle selbst einmal ausprobiert.

Am nächsten Tag, als Grimm wieder zu Rudi gehen wollte, winkte der kleine Zesel ab.

»Geh alleine«, sagte er nur. Der Buchhändler wunderte sich.

»Aber Möhrchen, es hat dir doch so gut gefallen dort!«

Der Zesel zuckte mit den Schultern. »Schon. Aber mit einem eigenen Auto wäre es bestimmt noch viel lustiger gewesen.«

Da blieb dem Buchhändler nichts anderes übrig, als seinen Freund alleine zu besuchen.

Möhrchen stellte sich solange draußen an den Gartenzaun und spielte das Farbenspiel. Doch irgendwie machte es ihm heute viel weniger Spaß als gestern.

»Das nächste Auto, das vorbeifährt, ist doof«, murmelte er und beobachtete finster die menschenleere Dorfstraße. Ob er vielleicht doch zur Tankstelle gehen sollte?

»Ohne Auto kann man zwar nur zuschauen und nicht mitmachen, aber immerhin gibt es dort zwei Freunde und ein Glas mit Lutschern«, sagte er sich. »Das ist besser, als alleine hier herumzusitzen.«

Also gab er sich einen Ruck und lief dem Buchhändler hinterher.

Rudi und Grimm hatten die Köpfe zusammengesteckt und tuschelten. Als Möhrchen durch die Tür kam, schauten sie auf.

»Worüber redet ihr?«, fragte Möhrchen.

»Ach, über nichts«, sagte Rudi und lachte in sich hinein. Grimm griff nach seiner Jacke.

»Komm, Möhrchen«, sagte er. »Wir gehen nach Hause.«

Der kleine Zesel konnte sich nur wundern.

»Jetzt schon? Du bist doch gerade erst gekommen.«

»Das stimmt. Aber Rudi ist sehr beschäftigt. Der hat jetzt keine Zeit mehr für uns.« Die Freunde zwinkerten sich zu und Grimm marschierte mit dem kleinen Zesel zurück nach Hause.

Ein paar Tage lang blieb es sehr ruhig am Gartenzaun. Erst am Dienstag tauchte Rudi wieder bei ihnen auf. Ein geheimnisvolles Lächeln lag auf seinem Gesicht.

»Ist es fertig?«, fragte Grimm. Rudi nickte und die beiden Männer grinsten.

»Komm mit, Möhrchen. Dann zeigen wir dir, warum wir getuschelt haben.«

Grimm setzte den kleinen Zesel auf seine Schultern und so marschierten sie zur Tankstelle.

Man sah es schon Weitem. Unter dem Schild mit den Leuchtbuchstaben stand etwas. Es hatte vier Räder, ein Lenkrad und ein Nummernschild. Möhrchen traute seinen Augen nicht.

»Ist das ein Auto?«, keuchte er. »So ein richtiges, echtes Auto?«

»Und was für eines!«, sagte Rudi. »Das hier ist ein Rudimobil. Das habe ich selbst gebaut. Für mich ist es allerdings zu klein.« Er machte eine Pause und kratzte sich am Ohr. »Na ja, und für die große Waschanlage hinten auf dem Hof wahrscheinlich auch. Aber ansonsten fährt es bestimmt super.« Er sah den Zesel an. »Willst *du* es vielleicht mal ausprobieren?«

Möhrchen nickte und setzte sich hinters Steuer. Mit leuchtenden Augen schaute er

sich um. Vor seinen Hufen entdeckte er zwei Pedale. Sogar an eine Hupe und einen ganz, ganz kleinen Sicher-
heitsgurt hatte Rudi gedacht. Der kleine Zesel schnallte

sich an und trat in die Pedale. Das Rudimobil setzte sich in Bewegung.

Das neue Auto war klasse! Wie ein wilder Rennfahrer ratterte Möhrchen mit dem kleinen Auto die Straße auf und ab. Grimm und Rudi stellten sich solange an den Gartenzaun und spielten das Farbenspiel.

»Ich wette, das nächste Möhrchen, das vorbeifährt, ist grün«, rief Grimm.

»Ich tippe auf gelb«, erklärte Rudi.

»Nein, rot!«, jubelte Möhrchen und strahlte, denn er liebte das Farbenspiel.

Es war einfach herrlich, ein Auto wie das Rudimobil zu haben. Immer wieder flitzte der kleine Zesel am Gartenzaun hin und her. Doch dann wurde er langsamer und langsamer und kam zum Stehen.

»Was ist los?«, fragte Grimm. »Ist etwas kaputt?«

»Nein, nein«, schnaufte Möhrchen. »Das Auto ist heile, aber meine Beine sind müde.« Er dachte kurz nach und zeigte auf seinen Bauch. »Und ich glaube, der Tank ist leer.«

»Ach so, kein Problem«, sagte Rudi. Er nahm sie mit in sein Kassenhäuschen und holte eine Rhabarbersaftschorle aus dem Regal. Die überreichte er Möhrchen.

»Bitte sehr.«

»Tanke schön«, sagte Möhrchen und nahm einen großen Schluck, denn Sprudelsaftschorle war genau die Sorte Benzin, die kleine Autofahrer brauchten.

Grimm und Möhrchen gehen nicht ins Bett

Eines Abends kam Möhrchen zu Grimm und sagte: »Heute habe ich überhaupt keine Lust, ins Bett zu gehen.«

»Kein Problem«, sagte der Buchhändler. »Ich werde dir zeigen, was du dagegen tun kannst.«

Als Erstes hörten sie sich die ›Kleine Nachtmusik‹ im Radio an. Dann kochte Grimm ihnen eine heiße Milch mit Honigmond. Und zum Schluss hopsten sie auf einem Bein durchs Zimmer und versuchten, so lange Grimassen zu schneiden, bis sie müde wurden.

Das alles machte sehr viel Spaß, aber müde wurden die beiden davon nicht.

»Weißt du was?«, schlug der kleine Zesel vor. »Warum machen wir es nicht mal andersherum? Ab heute gehen wir tagsüber ins Bett und bleiben nachts wach.«

Schon bei dem Gedanken daran wurde er ganz aufgeregt.

»Wenn wir nicht schlafen, dann haben wir viel mehr Zeit. Da können endlich mal all das machen, wozu uns sonst die Gelegenheit fehlt.« Er krabbelte auf den lila Sessel und hopste darauf herum.

Grimm rieb sich die Sommersprossen. »Das ist eine gute Idee«, murmelte er und lachte leise. Denn wer mit einem Zesel zusammenwohnt, der ist es gewöhnt, ständig neue Sachen auszuprobieren.

Mit einem Satz hüpfte Möhrchen vom Sessel. »Als Erstes gehen wir und besuchen Rudi. Seine Freunde kann man gar nicht oft genug sehen«, rief er und stürmte aus dem Haus.

»Sehr richtig«, fand Grimm und folgte dem Zesel zur Tankstelle nach nebenan.

Die Leuchtbuchstaben über dem kleinen Kassenhäuschen waren bereits ausgeschaltet. Die Dorfstraße lag still und leer da. Nur die Straßenlaterne neben der Kastanie war noch wach und leuchtete ihnen den Weg.

Möhrchen klopfte bei Rudi, doch niemand öffnete. Er legte das gestreifte Ohr an die Tür und lauschte. Das Einzige, was er im Tankstellenhaus hören konnte, war ein leises Schnarchen.

Der Buchhändler legte seinem kleinen Freund die Hand auf die Schulter.

»Weißt du«, sagte er vorsichtig, »Ich fürchte, unsere Freunde schlafen nachts alle. Die kann man nicht besuchen.«

»Meinst du?« Möhrchen runzelte die Stirn. »Na gut, dann machen wir eben was anderes. Blumen pflücken zum Beispiel.«

Und wieder flitzte er los. Diesmal ging es die Straße hinunter zur großen Wiese unten am Liebesbach. Blumen pflücken konnte man nirgends besser als dort. Das wusste Möhrchen nur zu genau, denn hierher kamen sie häufig in der Mittagspause.

Doch auch am Bach sah alles ganz anders aus. Schwarz und fremd lag die Wiese vor ihnen im Mondschein und alle Blumen hatten ihre Blüten geschlossen.

»Die schlafen ja!«, rief Möhrchen und ließ die Ohren hängen. »Ich glaube, Blumen pflücken geht nachts auch nicht.«

Jetzt hatte er keine Lust mehr, Tag und Nacht zu tauschen. Wachbleiben hatte er sich lustiger vorgestellt.

»Sei nicht traurig«, sagte Grimm und legte den Arm um seinen kleinen Freund. »Wenn Rudi und die Blumen schlafen, dann machen wir heute Nacht eben was anderes. Faul in der Sonne sitzen zum Beispiel.«

Zweifelnd schaute Möhrchen zu ihm auf.

»Wie soll das gehen? Die Sonne schläft doch auch schon!«, jammerte er.

»Das macht nichts«, sagte Grimm mit viel Geheimnis in der Stimme. Er lächelte »Wir nehmen einfach den Mond. Um in der Sonne zu sitzen, reicht der völlig aus.«

Hand in Huf schlenderten sie zurück nach Hause und kletterten auf das Dach des Schuppens. Dort fläzten sie sich in ihre Liegestühle, betrachteten die schlafenden Dächer des Dorfes und sonnten sich im käsekalten Mondenschein.

Möhrchen spürte, wie seine Augenlider schwer wurden. »Es war doch eine gute Idee von mir, Tag und Nacht zu tauschen«, sagte er und gähnte. »So kriegt man endlich mal richtig Lust, ins Bett zu gehen. Findest du nicht auch?« Aber der Buchhändler konnte ihm gerade nicht antworten, denn er gähnte ebenfalls wie ein Weltmeister.

»Ich freu mich schon auf morgen früh«, murmelte der kleine Zesel und kuschelte sich in seinen Liegestuhl. »Da können wir endlich wieder schlafen.«

So saßen sie dann also da, lauschten der Stille und hielten Ausschau nach dem ersten Schimmer möhrenroter Morgenröte, damit sie endlich, endlich schlafen gehen konnten.

»Ich glaube, ich seh schon was«, murmelte der kleine Zesel. Dann fielen ihnen die Augen zu.

Als Grimm und Möhrchen wach wurden, stand die Sonne hoch am Himmel.

»Komm«, sagte der Buchhändler und kletterte vom Schuppen. »Mein Magen knurrt.« Möhrchen reckte und streckte sich und folgte ihm in die Küche. Heute gab es Honigbrot und Marmeladentee zum Frühstück, denn so was ist genau das Richtige nach einer Nacht auf dem Schuppendach.

Ansonsten war alles so wie immer. Sie schlossen schnell den Laden auf und verkauften ein paar Bücher. Anschließend pflückten sie eine großen Strauß Blumen am Liebesbach und gingen damit rüber zu Rudi.

Der freute sich wie ein Tankstellenkönig, als er die beiden sah.

»Wie schön, dass ihr kommt«, sagt er und holte auf der Stelle das Mensch-ärgere-dich-nicht-Spiel und Rhabarberschorle für alle.

Erst als es dunkel wurde, begann ihr Freund zu gähnen und sagte: »Ich muss ins Bett.«

»Und jetzt?«, fragte Möhrchen auf dem Heimweg. »Steigen wir beide wieder dem Mond aufs Dach?«

Irgendwie erschien ihm die Idee mit dem Wachbleiben heute viel weniger aufregend als gestern. Zum Glück schüttelte Grimm den Kopf.

»Ich schlage vor, wir machen einfach alles so wie immer«, sagte er und ging mit dem kleinen Zesel nach Hause.

»Weißt du«, erklärte er beim Zähneputzen, »eigentlich ist es eine super Idee, Tag und Nacht zu tauschen. Aber so richtig Spaß macht es erst dann, wenn sich auch die Blumen und die Rudis dieser Welt daran gewöhnt haben. Und bis dahin gehen wir nachts lieber schlafen.«

Grimm und Möhrchen und die Bücherkinder

Einmal kam eine Frau mit wilden Haaren und einem bunten Schal aus toller Wolle in die Bücherkiste. Sie stöckelte auf die Regale zu und erklärte:

»Guten Tag. Ich brauche ein Geschenk für mein Patenkind.«

»Wie wäre es mit diesem hier?«, fragte Grimm und griff nach einem Buch. »Es handelt von einem Kind im Krankenhaus.« Aber die Frau schüttelte den Kopf. »So was mag ich nicht.«

»Dann suchen wir etwas anderes aus«, sagte der Buchhändler. »Vielleicht die Geschichte vom Jungen, der sich Freunde wünscht? Oder das Buch vom Mädchen, das ins Gartenhaus ziehen will, weil die Eltern sich ständig streiten?«

Die Frau rümpfte die Nase. Möhrchen fand, dass sie dabei fast ein bisschen aussah wie ein Hund mit schlechter Laune.

»So was ist doch nicht das Richtige für Kinder. Haben Sie nicht eine niedliche kleine Geschichte, in der alle gesund und fröhlich sind und sich gut verstehen?« Sie zeigte

auf ein Buch mit rosa Häschen. »Was ist mit dem da? Das hat ja sogar Glitzerstaub auf dem Deckel. So was ist doch süß!«

Zufrieden blätterte sie durch die zuckerbunten Seiten, bezahlte und verließ den Laden.

Der kleine Zesel sah ihr nach.

»Was war das denn?«, fragte er. Grimm stellte das Krankenhausbuch zurück ins Regal.

»Ach, weißt du, das passiert häufiger. Die Erwachsenen kommen zu mir, um Bücher für ihre Kinder auszusuchen. Und dann kaufen sie irgendwelche Geschichten, in denen immer alle fröhlich sind und den ganzen Tag die Sonne scheint.«

»Aber warum? Bücher, in denen nichts passiert, sind doch schrecklich langweilig!«

Da musste Grimm ihm zustimmen. »Ich glaube, die großen Leute denken, Probleme sind zu traurig oder zu spannend für Kinder.

So was Dummes hatte der kleine Zesel schon lange nicht mehr gehört.

»Wer alt genug ist, um traurige oder schwere Sachen zu erleben, der ist auch alt genug, um etwas darüber zu lesen.«

Er legte den Kopf schief und sah Grimm an.

»Warum fragen sie denn nicht einfach ihre Kinder, welche Bücher die gerne lesen möchten?«

»Tja, das ist eine gute Frage!« Der Buchhändler kratzte sich am Kinn. »Kinder kommen überhaupt recht selten in mein Geschäft.«

Während Grimm weiterarbeitete, dachte Möhrchen über all das nach, was der Buchhändler gesagt hatte. Und als er genug gegrübelt hatte, verließ er den Laden und trabte ins Dorf.

Er lief durch alle Straßen und hielt Ausschau nach den Kindern. Einige von ihnen spielten gerade am Liebesbach. Als sie den kleinen Zesel sahen, freuten sie sich.

»Guckt mal, wer da kommt«, rief ein Mädchen, das Kira hieß, und zeigte mit dem Finger auf ihn. »Du bist doch der gestreifte Rennfahrer mit dem kleinen Auto, oder? Ich habe dich schon bei uns vorbeifahren sehen.«

Möhrchen nickte. »Stimmt, aber heute bin ich ganz und gar zu Fuß hier. Kommt mit. Ich will euch was zeigen«, sagte er und nahm sie alle mit zur Bücherkiste.

»Wo ist eigentlich mein Zesel?«, fragte Grimm sich gerade, als die Glöckchen klingelten und Möhrchen seinen Kopf durch die Ladentür steckte.

Hinter ihm huschte ein Kind nach dem anderen hinein, bis die ganze Bücherkiste voller kleiner Menschen war. Der Buchhändler traute seinen Augen kaum.

»Hereinspaziert«, rief er lachend. »Kinder können wir hier immer gut gebrauchen.«

Die Besucher stellten ihre Taschen in die Ecke. Mucksmäuschenschüchtern schauten sie sich um.

»Kommt mit, ich führe euch herum«, sagte Möhrchen. Gemeinsam machten sie eine Weltreise durch den Laden. Der kleine Zesel zeigte ihnen den Lesesessel, die vergessene Palme und die vielen Bücher. Zu jedem Ding erzählte er eine Geschichte, die spannend, aber so erfunden war, dass sich ihm die Streifen bogen. Die Mädchen und Jungen schauten sich die Tische und Bücherstapel an. Sie liefen durch die engen, kleinen Gänge zwischen den Regalen und krabbelten in die hintersten Ecken. Und weil sie viel kleiner und flinker waren als die Erwachsenen, entdeckten sie sogar ein paar Winkel, die lange schon kein Erwachsener mehr gesehen hatte.

Ein Junge namens Jascha zupfte Grimm am Pullover. Er zeigte auf ein Buch im Regal.

»Darf ich das mal rausholen?«

»Na klar«, sagte Grimm. »Zum Anfassen und Rein-
schauen sind sie schließlich da.«

Also nahm der Kleine sich das Buch aus dem Regal.
Die anderen Kinder machten es ihm nach. Sie
lasen sich gegenseitig die Überschriften
vor oder zeigten sich die schönsten Stellen und Bilder.

Dann bauten sie alle zusammen eine Höhle.
Ganz hinten im Gang mit den Gedichten
entstand ein toller Platz aus Büchern,
Kissen und Decken.

Grimm lächelte, als er das sah. Ein glückliches, fast vergessenes Gefühl stieg in ihm hoch. Wie gut man hier zwischen den Regalen spielen konnte, das wusste er noch von früher, als er selbst ein Kind gewesen war und die ›Bücherkiste‹ seinem Vater gehört hatte.

»Komm mit rein«, rief ihm ein Mädchen zu, das Rieke hieß. »Djamal liest eine Geschichte vor.«

Das ließ sich der Buchhändler nicht zweimal sagen. Er holte die große Taschenlampe und kroch ebenfalls in die Höhle.

So saßen sie alle gemeinsam auf ihren Kissen hinter dem Regal und hörten Djamal zu. Der konnte so schön vorlesen, dass alle um ihn herum ganz mucksmäuschenstill wurden.

Dann kamen die anderen mit Vorlesen an die Reihe. Die Bücher, die sie sich ausgesucht hatten, waren ebenso unterschiedlich wie die Kinder in der Höhle. So bekam jedes genau die Geschichte, die es gerade brauchte.

Nina suchte sich ein sehr spannendes Buch über Löwen und gefährliche Waschmaschinen aus. Tarek las die Geschichte von der verliebten Lehrerin vor. Und Tim wünschte sich das Märchen vom traurigen kleinen Montag.

»Das war aber schön«, sagten die Kinder, als es Zeit wurde, nach Hause zu gehen. »Dürfen wir bald wiederkommen?«

»Aber unbedingt!«, sagte Grimm. »Beim nächsten Mal bin ich an der Reihe und lese euch vor. Am besten, ich schreibe es mir gleich mal auf.«

Und so holte er die Straßentafel aus dem Keller und schrieb mit Schnörkelkreide:

Grimm und Möhrchen und das Sauberkunststück

Einmal, als Grimm gerade dabei war, die Uhr neben dem Kamin zu reparieren, kam Möhrchen zu ihm ins Wohnzimmer geschlurft. Er hatte ein Buch unter dem Arm und trug einen Zylinder auf dem Kopf. Sein Tischdeckenumhang schlurfte hinter ihm über den Boden. Grimm schaute überrascht hoch.

»Aber Möhrchen, wie siehst du denn aus?«

»Wer ist Möhrchen?«, brummelte der Zesel mit eingeklemmter Stimme. »So jemanden kenn ich nicht. Ich bin der Sauberer Hüronimuss Lavendel. Und das hier ist mein Sauberbuch.« Er zeigte auf das Buch unter seinem Arm.

»Da stehen eine Menge Kunststücke drin.«

»So, so«, sagte Grimm und schmunzelte.

»Lachen Sie nicht, Herr Grimm! Sauberei ist eine wichtige Sache. Ich jedenfalls möchte jetzt gerne ein Bad nehmen.« Möhrchen holte sich einen Schraubenzieher vom Tisch, wedelte damit in der Luft herum und rief: »Schnicke, schnelle, auf der Stelle!«

Doch nichts geschah.

»Ich sehe nichts«, sagte Grimm. Hüronimuss Lavendel ließ seinen Zauberschraubenzieherstab sinken.

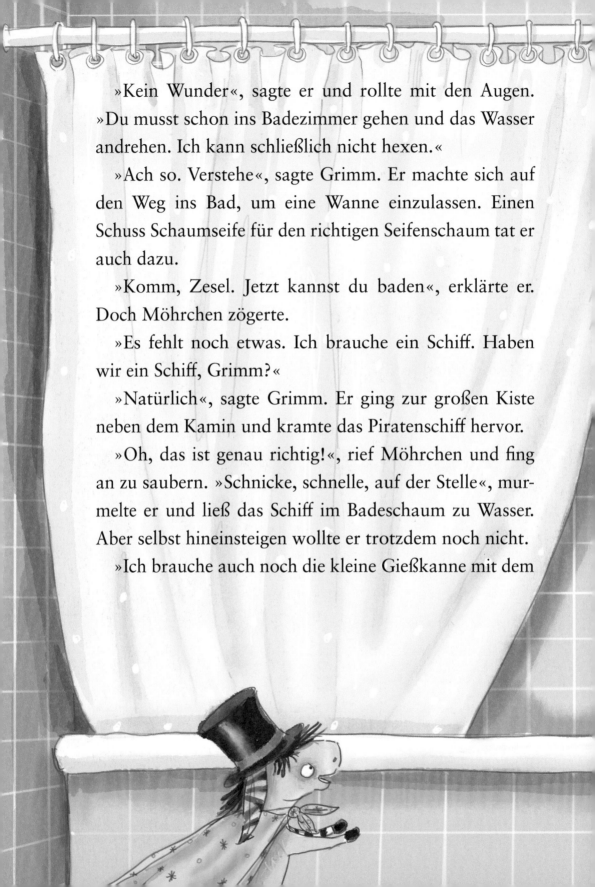

»Kein Wunder«, sagte er und rollte mit den Augen. »Du musst schon ins Badezimmer gehen und das Wasser andrehen. Ich kann schließlich nicht hexen.«

»Ach so. Verstehe«, sagte Grimm. Er machte sich auf den Weg ins Bad, um eine Wanne einzulassen. Einen Schuss Schaumseife für den richtigen Seifenschaum tat er auch dazu.

»Komm, Zesel. Jetzt kannst du baden«, erklärte er. Doch Möhrchen zögerte.

»Es fehlt noch etwas. Ich brauche ein Schiff. Haben wir ein Schiff, Grimm?«

»Natürlich«, sagte Grimm. Er ging zur großen Kiste neben dem Kamin und kramte das Piratenschiff hervor.

»Oh, das ist genau richtig!«, rief Möhrchen und fing an zu saubern. »Schnicke, schnelle, auf der Stelle«, murmelte er und ließ das Schiff im Badeschaum zu Wasser. Aber selbst hineinsteigen wollte er trotzdem noch nicht.

»Ich brauche auch noch die kleine Gießkanne mit dem

Elefanten drauf. Und eine Bürste«, sagte er. Also ging
Grimm noch einmal los.

»Und die Gummistiefel«, rief Möhrchen ihm hinterher. »Und wenn du sowieso schon auf dem Weg bist,
dann such mir doch auch gleich noch die Quietscheente
und die Taucherbrille raus.«

Da kam Grimm zurück und steckte den Kopf
durch die Tür. »Sag mal, brauchst du das wirklich
alles für ein einziges Bad?« Möhrchen nickte eifrig.

»Unbedingt! Glaub mir,
ich kenne mich aus. Schließlich bin ich der große Sauberer ...«

»Hüronimuss Lavendel, ich weiß«,
sagte Grimm und tat, was Möhrchen wollte. Anschließend
holte er, schnicke,
schnelle, auf der Stelle,

auch noch den Wasserball, die Mangoldseife, den roten Plastikfisch, einen Regenschirm, einen Schwamm, die Kapitänsmütze und den großen Schneebesen zum Seifenschaumschlagen.

Der kleine Zesel nahm alle Dinge, die Grimm ihm brachte, und ließ sie Stück für Stück ins Wasser plumpsen.

»Was fehlt jetzt noch?«, fragte Grimm.

»Jetzt fehlt nichts mehr«, sagte Möhrchen.

»Doch«, sagte Grimm. »Möhrchen fehlt!«

Der kleine Zesel ließ die Ohren hängen. »Ich will gar nicht mehr baden«, murmelte er.

»Warum denn? Wir haben doch extra alles vorbereitet!« Grimm deutete auf all die Sachen im Badewasser. Möhrchen seufzte.

»Stimmt. Aber jetzt ist es so voll in der Wanne. Weißt du, Buchhändler«, sagte er und warf einen sehnsuchtsvollen Blick in den Garten. »Ich glaube, ich würde lieber duschen.«

»Verstehe«, sagte Grimm. Draußen unter dem Apfelbaum hatte Grimm vor ein paar Tagen nämlich eine weltraummäßige Gartendusche angebracht. Das war ein tolles Gerät mit Schwapp-Funktion und echtem Rieselregen aus ihrem alten Putzeimer.

Also lief Möhrchen in den Garten und stellte sich unter die Dusche. Ganz ohne Piratenschiff, dafür aber mit viel guter Laune hüpfte er im Baumregen hin und her.

Der Buchhändler fischte währenddessen die vielen Dinge aus dem Seifenschaum und hängte sie im Garten an die Wäscheleine. Das alte Piratenschiff war blitzeblank geworden und auch die Gummistiefel sahen aus wie neu.

»Immerhin sind unsere Sachen jetzt alle wieder sauber«, bemerkte Grimm. Möhrchen schüttelte sich das Wasser aus den Streifen. Er strahlte.

»Ja, ist das nicht prima? Und wir mussten überhaupt nichts dafür tun. Schnicke, schnacke, sauber. Ganz von alleine«, flüsterte er. »Echte Sauberei eben.«

Grimm und Möhrchen verabschieden den Sommer

Schon einen ganzen Sommer lang wohnte Möhrchen inzwischen bei Grimm und das Leben im Haus mit der schiefen Sieben gefiel ihnen immer besser.

Morgens, wenn sie beide nach dem Frühstück durch die Straßen zur Bücherkiste liefen, dann kitzelte die Sonne sie schon an der Nase und überall am Weg leuchteten kleine, ausgeschlafene Sommerblümchen im Gras. Am besten gefiel Möhrchen aber, dass es immer so schön warm war.

Doch in den letzten Tagen hatte sich irgendetwas verändert. Die Sonne ließ sich täglich mehr Zeit, bis sie Grimm und Möhrchen auf ihrem Weg begleitete. Sie wärmte auch nicht mehr so. Stattdessen roch es jetzt manchmal nach Nebel und Gartenerde.

 85

Der kleine Zesel machte sich so seine Gedanken. »Ich glaube, die Sonne ist kaputt«, beschwerte er sich, als sie an diesem Morgen an der Bücherkiste ankamen. Grimm dreht den Schlüssel in der Ladentür um und zog das Rollo hoch.

»Aber nein«, sagte er lächelnd. »Der Sommer verabschiedet sich nun eben so langsam.« Möhrchen runzelte die Stirn. Was er da hörte, gefiel ihm nicht.

»Er verabschiedet sich? Einfach so und mal eben? Und was können wir dagegen tun?«

»Nichts«, sagte Grimm und gab den fleißigen Leselieschen frisches Wasser. Ganz so, wie er es jeden Morgen tat.

»Auch dann nicht, wenn du dich wieder auf den Kopf stellst?«, fragte Möhrchen.

»Auch dann nicht.«

»Ich will aber nicht, dass der Sommer geht«, jammerte Möhrchen. Er sah plötzlich sehr traurig aus. Grimm stellte die Gießkanne beiseite und kam zu ihm.

»Ich weiß was. Heute Abend machen wir ein Abschiedsfest für ihn«, schlug er vor. Möhrchen aber schüttelte die Ohren.

»Nein danke. Für so was bin ich nicht in Stimmung.«

»Ach was. Feiern kann man auch, wenn man traurig

ist«, sagte Grimm. »Dann ist es sogar besonders wichtig. Ich weiß noch genau, wie es war, als der alte Lisander bei uns aus dem Dorf auf seine große Weltreise gegangen ist. Da haben wir auch eine Sause gemacht.« Gedankenverloren blickte der Buchhändler in die Ferne. Er lächelte bei der Erinnerung an jenen Abend.

»Damals haben sich alle aus dem Dorf versammelt, um unserem Freund eine gute Reise zu wünschen. Wir haben getanzt und Musik gemacht und Berge von Kartoffelsalat gefuttert. Eine riesige Abschiedssause ist das gewesen. Und obwohl wir eigentlich traurig waren, hat es mächtig viel Spaß gemacht.«

Der kleine Zesel dachte nach.

»Also gut«, stimmt er zu. »Feiern wir ein Abschieds-fest.«

Und das taten sie. Noch am gleichen Abend suchten sie alles zusammen, was vom Sommer übrig war. Aus T-Shirts, Sonnenbrillen und Badelatschen bastelten sie

eine Girlande und schmückten damit das Zimmer. Außerdem schmierten sie sich von Kopf bis Fuß mit Sonnencreme ein. Sofort begann es im ganzen Haus sehr gut nach Badesee zu riechen. Dann breitete der Buchhändler die große Picknickdecke vor dem Kamin aus. Dort machten sie es sich mit einem Glas Stachelbeeren bequem, zählten Sommersprossen und blätterten in alten Urlaubskatalogen.

»Ein schönes Fest. Findest du nicht auch?«, fragte Grimm.

Das musste Möhrchen zugeben. »Trotzdem ist es schade, dass der Sommer sich verabschiedet.«

Grimm zuckte mit den Schultern.

»Anders geht es nun mal nicht. Er muss doch Platz machen für den Herbst.«

Der kleine Zesel hob den Kopf. »Herbst?« Dieses Wort hatte er noch nie gehört. »Ist das so etwas Ähnliches wie Sommer? Und wird es dann wieder wärmer draußen?«

Doch der Buchhändler lachte und schüttelte den Kopf. »Nein, ganz sicher nicht. Der Herbst hält nicht viel von Erdbeereis und Badewetter.«

»Dann glaube ich nicht, dass ich ihn mag«, sagte Möhrchen finster.

Ein paar Tage lang war Möhrchen noch schlechter Laune. Aber irgendwann vergaß er, dass der Herbst kam. Es gab ja so viel zu tun. Auf dem Dorfplatz vor der Bücherkiste fielen jetzt die Kastanien vom Baum. Aus denen bastelten sie Grimmchen und kleine runde Zesel. Abends brachte Grimm ihm bei, wie man Kürbissuppe kochte. Und an einem regnerischen Samstag fuhren sie mit dem Bus in die Stadt und kauften sich neue Gummistiefel. Grimm bekam ein Paar in Gelb und Möhrchen bekam ein Paar mit Tigerringeln.

»Vielen Dank. Die lassen wir gleich an«, erklärte Grimm dem Verkäufer. Möhrchen nickte.

»Ja, genau. Neue Schuhe muss man nämlich auf der Stelle ausprobieren. Das bringt Glück«, erklärte er und gummistiefelte mit Grimm aus dem Kaufhaus.

Zum Glück hatte es heute fast den ganzen Tag geregnet. Überall auf der Straße stand das Wasser. Da hatten ihre neuen Stiefel gleich mal was zu tun.

»Das hier ist genau das richtige Wetter für neue Tigerstiefel«, freute sich Möhrchen. Er hüpfte von einer Pfütze in die nächste.

Grimm lachte. »Jaja, der Herbst ist da.«

Möhrchen hörte auf zu springen und schaute sich um.

»Der Herbst? Wo?«

»Na hier«, sagte Grimm und deutete auf die grauen Wolken über ihnen und die großen Pfützen unter ihnen. Darüber konnte der Zesel sich ja nur wundern.

»Das ist doch kein Herbst«, widersprach er. »Das ist nur ganz normaler Regen.« Manchmal wusste sein Buchhändler die einfachsten Dinge nicht. Aber Grimm blieb dabei.

»Doch, doch. Die Wolken, die Pfützen und das Laub. Das alles ist der Herbst.«

Möhrchen legte den Kopf schief und wunderte sich. Den Herbst hatte er sich anders vorgestellt. Er dachte an all die Sachen, die sich verändert hatten. Der Nebel am Morgen. Die roten und gelben Blätter an den Bäumen.

»Und der Wind, der einem jetzt immer so schön durchs Fell pustet?«, fragte er. »Und die Bastelkastanien? Gehören die auch dazu?«

»Natürlich«, sagte der Buchhändler. »Das ist alles ganz typisch Herbst.«

Da hielt Möhrchen die Schnauze in der Regen und in seiner Brust pochte es vor Freude.

»Wenn man an einem Tag wie heute Herzklopfen kriegt, hat man dann vielleicht Herbstklopfen?«, überlegte er sich. Aber darüber würde er später nachdenken.

Jetzt nahm er lieber Anlauf und hüpfte in die nächste Pfütze. Der Herbst musste schließlich ausgenutzt werden. Man wusste ja nie, wann er sich wieder verabschieden würde.

Grimm und Möhrchen spielen Schiffe verschenken

Eines Tages saß Möhrchen neben dem großen Schreibtisch auf dem Teppich und blätterte in Grimms dickem,
altem Seemannsbuch. Die Geschichten darin wimmelten
nur so von wunderschönen, aber fast vergessenen Wörtern.
Dort war von Landratten die Rede, von Take-
lage und Buddelschiffen. Besonders
gut gefiel Möhrchen das
Bild vom Klabautermann
mit seinen wilden,
roten Buchhändlerlocken
und dem großen Süd-
wester auf dem
Kopf.

»Ein Klabautermann«, hatte Grimm ihm erklärt, »ist ein Schiffskobold, der sich unsichtbar machen kann und eine Menge Schabernack und Unfug anstellt.«

»So ein Klabautermann wäre ich auch gerne mal«, sagte Möhrchen und tippte auf das Bild in seinem Buch. »Oder wenigstens ein Klabauterzesel. Meinst du, das ließe sich machen, Grimm?«

»Klar«, murmelte der Buchhändler, ohne von seinen Papieren aufzusehen.

Da kletterte Möhrchen oben auf den Schreibtisch, legte den Kopf schief und sah Grimm mit großen Augen an.

»Dann brauche ich aber ein Schiff«, gab er zu bedenken. »Alle Klabauterleute, die ich kenne, haben ein Schiff!«

Grimm legte den Stift beiseite.

»Kein Problem«, sagte er und griff nach einem leeren Blatt Papier. »So ein Schiff ist schnell gefaltet. Ich zeig dir, wie es geht.« Und im Nullkommanichts hielt er ihm ein kleines Papierschiffchen vor die Schnauze.

»Toll!«, schwärmte Möhrchen. »Wie hast du das denn hingekriegt?« Also nahm der Buchhändler ein zweites Blatt und faltete wieder. Diesmal machte er es ganz langsam.

Möhrchen passte gut auf und versuchte, sich jeden Knick zu merken.

Sie übten so lange, bis Grimm aufstand und sagte: »Jetzt muss ich mich ums Mittagessen kümmern.«

»Ja, geh du nur«, rief Möhrchen ihm nach. »Ich übe unterdessen noch ein bisschen.«

Als Grimm zurückkam, um Möhrchen zum Essen zu holen, staunte er nicht schlecht.

»Au Backe, was ist das denn?«, rief er.

Überall im Zimmer standen und lagen Schiffe. Große und kleine. Ein paar bunte und sehr viele weiße. Sie lagen auf dem Sofa, standen auf der Fensterbank und stapelten sich sogar auf dem Kamin.

Der Zesel sah sehr stolz aus. »Na, wie habe ich das gemacht? Sind die nicht toll geworden?«

»Das sind ja fast hundert!«, staunte Grimm und musste sich schon ein bisschen wundern. »Woher hast du denn so viel Papier?«

Möhrchen winkte ab.

»Ach, das war kein Problem. Oben auf deinem Schreibtisch lagen ja noch genügend Zettel rum.«

Der Buchhändler nahm eines der gefalteten Papiere und schaute es sich genauer an. Und dann riss er plötzlich die Augen auf.

»Aber das sind ja die Geschenkgeschichten!«, rief er aus.

»Die was …?«, stotterte Möhrchen.

Hektisch begann Grimm in den Schiffen auf seinem Schreibtisch zu wühlen.

»Na, die Geschichtengeschenke!«, rief er ungeduldig. »Die verteile ich ab und zu im Dorf, für all jene, denen ein ganzes Buch zu lang ist. Oder für Leute, die nicht in meinen Laden kommen können.« Er raufte sich die roten Haare. »Aber das muss diesmal wohl ausfallen«, knurrte er.

»Oh …«, hauchte Möhrchen. Und während Grimm vor sich hin schimpfend in den Papieren herumwühlte, wurde der kleine Zesel immer stiller. Mit so einer ärger-

lichen Falte auf der Stirn hatte er seinen großen Freund noch nie gesehen. Er ließ sich vom Sessel rutschen und schlich mit hängenden Ohren zur Tür.

Der Buchhändler bemerkte erst spät, wie still es im Zimmer geworden war.

»Möhrchen?«, rief er und lauschte. Doch im Haus mit der schiefen Sieben blieb alles leise. Ein unheimliches Gefühl überkam Grimm. Er schob den Stuhl zurück und schaute sich im Haus um.

Auf dem Herd in der Küche blubberte noch immer die Nudelsoße. Er stellte die Flamme unter dem Topf aus. Auf dem Stuhl am Fenster lag ein Zettel. Auf dem stand in krickelkrakeliger Zeselschrift geschrieben:

Das wa aderd auserseen
Es tut mir Lait

Der Buchhändler wurde ganz blass um die Nase. »Au Backe!« Er stürzte die Treppe hinauf, rannte ins Schlafzimmer und atmete erleichtert auf. Der Koffer war zum Glück noch da. Und mitten im Reisebett, zwischen den vielen Decken und Kissen, hockte der kleine Zesel und schnüffelte unglücklich an einem der Kopfkissenzipfel.

»Ich weiß, dass du sauer bist«, flüsterte er und seine Stimme zitterte. »Dabei ist das alles nur passiert, weil ich ein Klabauter war. Da stellt man eben was an, ob man will oder nicht.«

Grimm legte den Arm um Möhrchens Streifen. »Ich bin nicht sauer«, sagte er freundlich. »Ich war nur enttäuscht, weil das Verschenken immer so viel Spaß macht und ich mich schon darauf gefreut habe.« Er schaute seinen Zesel ernst an.

»Doch selbst wenn – eines musst du dir merken: Jeder noch so große Ärger verfliegt auch wieder. Meistens verschwindet er genauso schnell, wie er gekommen ist. So wie ein Gewitterregen, wenn plötzlich wieder die Sonne scheint. Oder wie eine Seifenblase, die in den Himmel steigt und platzt.«

Möhrchen nickte. »Verstehe. Oder wie ein kleiner, fieser Pups, der aus dem Fenster fliegt und verschwindet«, sagte er und sah jetzt wirklich kein bisschen traurig mehr aus. »Aber was machen wir jetzt mit den Geschichtengeschenken?«

Die Uhr draußen am Dorfhaus schlug zwölf. Grimm stand auf. »Es findet sich immer eine Lösung, du wirst sehen. Jetzt warten erst einmal die Nudeln auf uns.«

Hand in Huf stiegen sie die Treppe hinunter.

»Sag mal, wie wäre es, wenn wir die Schiffe verschenken?«, schlug Möhrchen vor.

»Oh, das ist ein guter Gedanke«, sagte der Buchhändler. »Geschichten haben die Leute von mir ja schon so oft bekommen. Da ist ein bisschen Abwechslung eigentlich genau das Richtige.«

Also fing Möhrchen auf der Stelle an, die großen und kleinen Bastelboote einzusammeln.

»Aber was ist mit dem Mittagessen?«, fragte Grimm, doch der kleine Zesel sagte:

»Die Nudeln können warten. Hilf mir lieber beim Packen.«

Da holte der Buchhändler den großen Einkaufskorb und den kleinen Einkaufskorb und seinen Rucksack und außerdem noch zwei gemusterte Tragetaschen, um Platz für all die Bastelboote zu bekommen.

Dann zogen sie los. Der kleine Zesel rannte vorweg und hielt Ausschau. Grimm folgte ihm schwer bepackt, denn er trug die Verantwortung und die Schiffe.

Jedem, dem sie begegneten, überreichte der kleine Zesel eines der Geschichten-schiffe und erklärte:

»Ich bin Grimms Möhrchen. Und das hier ist ein Geschenk für Sie.«

»Die sehen aber gut aus«, sagten die Leute und freuten sich.

»Ja, sie sind auch ganz und gar selbst gefaltet!«, sagte Möhrchen stolz. »Das ist gar nicht schwer. Kommen Sie doch einfach mal bei uns in der Bücherkiste vorbei. Dann zeige ich Ihnen, wie es geht.«

»Gerne!«, sagten die Leute, denn Bastelkram mochten die meisten von ihnen fast so sehr wie Bücher. Und dass die Schiffsgeschenke über und über mit Buchstaben bedruckt waren, das störte sie kein bisschen.

Grimm und Möhrchen mögen alles, was rund ist

Es war Sonntag. Nebel lag in der Luft. Der Apfelbaum draußen vor dem Vogelfenster streckte seine kahlen Zweige zum Himmel und tropfte. Drinnen im Haus hingegen knackte ein Feuer im Kamin.

Dort saß Grimm schon seit Stunden mit seinem Dichtungsheft am großen S-Tisch und reimte. Dabei summte er leise vor sich hin.

»Es gibt doch kaum etwas Gemütlicheres als so einen richtigen Novembertag«, schwärmte er und wippte mit den Wollsockenfüßen. »Genau das richtige Wetter für Dichter und Erfinder.«

Der kleine Zesel aber sah kein bisschen glücklich aus.

»Was ist mit dir?«, wollte Grimm wissen. Möhrchen seufzte schwer.

103

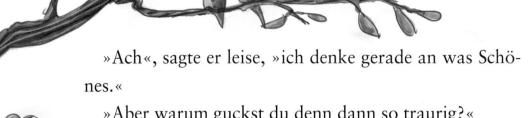

»Ach«, sagte er leise, »ich denke gerade an was Schönes.«

»Aber warum guckst du denn dann so traurig?«

Der kleine Zesel blickte zu Boden.

»Ich habe vergessen, was es ist«, flüsterte er. »Ich weiß nur noch, dass es irgendwas Rundes war.«

Grimm legte den Stift zu Seite und schaute sich im Zimmer um. Auf dem Fensterbrett entdeckte er eine Schale mit Glasmurmeln.

»Vielleicht denkst du an die?«, versuchte er zu helfen.

Möhrchen schüttelte den Kopf.

»Nee, Murmeln waren es nicht.«

»Dann vielleicht an die Eier im Kühlschrank?«

Der Zesel verzog das Maul.

»Aber Eier sind doch nicht rund!«, beschwerte er sich.

Grimm räusperte sich. »Sie sind vielleicht nicht kugelrund«, sagte er mit wichtiger Stimme. »Aber eirund sind sie schon!«

»Ja, gibt es denn mehrere Runds?«, wunderte sich Möhrchen.

»Klar«, sagt Grimm. »Tausend verschiedene Sorten! Mindestens! Igel zum Beispiel sind piksrund. Mützen sind kopfrund. Und Fleischbällchen sind …«

»Ich weiß! Ich weiß!«, rief der Zesel dazwischen. »Fleischbällchen sind happsrund, stimmt's?«

Grimm nickte. »Genauso ist es.«

Möhrchen strahlte. Seine schlechte Laune war verflogen. Auf der Stelle rannte er los, um Sachen zu finden, die rund waren. Davon gab es im Haus mit der schiefen Sieben eine ganze Menge. Schon bald stapelten sich die unterschiedlichsten Dinge auf dem Tisch: rollrunde Suppendosen, ein schlapprunder Wasserball, klimperrundes Kleingeld, ein bauchrunder Schwimmreifen, kullerrunde Apfelsinen und noch vieles mehr.

Gerade als der kleine Zesel dabei war, seinen sonnenrunden Sommerhut zu schmücken, kam Grimm herein.

»Es wird Zeit für eine kleine Stärkung, findest du nicht?« Er schob die rollrunden Konservendosen ein Stück beiseite und stellte ein Tablett ab. Darauf stand ein Teller mit Keksen und die dicke blaue Teekanne.

Möhrchen starrte auf die Kekse und plötzlich ging ein Leuchten über sein Gesicht. »Jetzt weiß ich wieder, woran ich vorhin gedacht habe!«, rief er. »An Kuchen! Oder besser gesagt, an Torte. Und noch besser gesagt, an Kürbistorte!«

»Oh ja, so eine kürbisrunde Torte ist etwas sehr, sehr Schönes«, stimmte Grimm zu.

Der kleine Zesel machte einen Hüpfer und legte den Kopf schief. »Dann sollten wir ganz schnell mal welche essen, findest du nicht?«

»Auf jeden Fall«, stimmte der Buchhändler ihm zu und

holte ihre neuen Gummistiefel. »Kürbistorte gibt es drüben im Café Kuchenstube. Komm, Möhrchen. Heute gehen wir aus.«

Also holten sie das alte Rosen-Rad aus dem Schuppen und machten sich auf den Weg.

In dem kleinen, weißen Häuschen am Liebesbach war

sonntags jede Menge los. Auch heute standen die Leute in einer langen Schlange vor der Kuchentheke, um ihre Bestellung aufzugeben. Grimm und Möhrchen blieb nichts anderes übrig, als sich ganz hinten anzustellen.

»Sag mal …«, überlegte Möhrchen, als sie eine Weile gewartet hatten, »wenn jemand in einer Schlange steht und sich langweilt, hat er dann Schlangeweile?« Das wusste der Buchhändler auch nicht so genau. Aber immerhin hatte er hier genügend Zeit, darüber nachzudenken.

»Zweimal Tee und Torte, bitte«, bestellte Grimm, als sie endlich an der Reihe waren. Doch die Kaffeetante

mit der schönen weißen Spitzenschürze schüttelte den Kopf.

»Tut mir leid, ihr Lieben. Das letzte Stück Torte habe ich gerade verkauft. Jetzt sind nur noch Nussecken da«, sagte sie und zeigte in die fast leere Theke zwischen ihnen.

»Was?« Möhrchen riss die Augen auf und starrte auf das einsame Blech mit den Dreiecken hinter der Glasscheibe. »Keine Kürbistorte mehr? Und auch keine Rumkugeln oder Vanillebällchen? Oder wenigstens ein paar kreisrunde Schokoladentaler?«

»Leider nein. Es ist alles ausverkauft«, bedauerte die Kaffeetante. »Aber keine Sorge, mein Kleiner. Auch unsere Nussecken schmecken fantastisch!«

»So was Unrundes kann mir gestohlen bleiben«, brummelte Möhrchen und wollte auf der Stelle wieder gehen, doch Grimm hielt ihn zurück. Er suchte einen Tisch am Fenster für sie aus. Die nette Kaffeetante brachte ihnen Tee und einen großen Teller mit Nussecken.

»Soll ich dir was verraten?«, versuchte sie den kleinen Zesel zu trösten. »Unsere Nussecken sind gar nicht so eckig, wie du denkst. In Wahrheit sind sie sogar kugelrund. Probier mal, dann wirst du schon sehen.«

»Pff«, machte Möhrchen nur. Glauben konnte er nicht, was die Kaffeetante da sagte.

Grimm dagegen hatte bereits seine Kuchengabel zur Hand genommen und ließ es sich schmecken. Als Möhrchen das sah, wurde er unruhig.

»Wenn mein Buchhändler den ganzen Kuchen allein aufisst, bekommt er Bauchweh«, dachte er. »Das wäre nicht gut. Es schadet sicher nicht, wenn ich aus Rücksicht auf den Buchhändler ebenfalls ein Stück versuche.«

So schnappte er sich eine der Nussecken und biss hinein. Süß und nussig zerging sie auf der Zunge. Schnell schob er den Rest auch noch in den Mund.

»Schmeckt's dir?«, fragte Grimm.

»Nein«, sagte Möhrchen kauend. »Kein bisschen. Aber wenn der Kummer groß genug ist, ist es egal, was man isst.« Er rülpste zufrieden und nahm sich ein zweites Stück.

Erst nach der fünften Nussecke war Schluss. »Ich kann nicht mehr«, stöhnte der kleine Zesel. Er lehnte sich zurück und rieb sich den prallen Bauch. Mit einem Mal wurden seine Augen ganz groß. Er zeigte auf seinen fußballrunden Kuchenbauch und strahlte.

»Guck mal, Buchhändler! Die Nussecken sind tatsächlich rund geworden.«

Grimm lächelte.

»Na, da haben wir ja noch mal Glück gehabt.« Er schob seinen Teller von sich. »Was machen wir nun? Brauchst du immer noch was Rundes?«

»Eine Runde Mittagsschlaf«, sagte Möhrchen und gähnte. Plötzlich fühlte er sich sehr müde. Und so stiegen sie wieder auf das alte Rosen-Rad und fuhren satt und zufrieden nach Hause.

Grimm und Möhrchen warten auf Weihnachten

Heute war Plätzchentag im Haus mit der schiefen Sieben. Grimm und Möhrchen kneteten und rührten, was das Zeug hielt. Die Küche duftete nach Zimt und Butter und überall standen Keksdosen und Kuchenbleche herum.

Möhrchen liebte es, auf der Küchenbank zu hocken und einen Stern nach dem anderen auszustechen. Aber ein bisschen wunderte er sich doch.

»Warum backen wir so viele Kekse? Das sind ja mindestens fünfundtausenddrei. Die können wir doch nie und nimmer alle aufessen.«

»Das gehört eben dazu«, sagte Grimm und pinselte Eigelb auf die Vanillesterne.

»Wozu?«

»Na, zu Weihnachten.«

Der kleine Esel spitzte die Ohren. Von Weihnachten hatte er noch nie etwas gehört.

»Bald kommt der Weihnachtsmann«, erklärte der Buchhändler. Möhrchen kniff nachdenklich die Augen zusammen.

»Ist der nett?« Bei Fremden war er manchmal etwas schüchtern.

»Oh ja, der wird dir gefallen.« Grimm zwinkerte ihm zu. »Der hat nämlich Geschenke dabei.«

Da wurde Möhrchen ganz zappelig vor Freude.

»Was er uns wohl mitbringt?«, überlegte er und turnte über die Küchenbank. »Hoffentlich keine Kekse. Von denen haben wir nämlich gerade selbst genug.«

Kaum hatte er das gesagt, als es an der Tür klingelte.

»Au Backe, vielleicht ist er das schon!«, rief er und galoppierte zur Haustür.

Doch draußen in der Dunkelheit stand niemand. Stattdessen lag ein rundes Ding aus Tannengrün auf der Fußmatte. So etwas hatte der kleine Zesel noch nie vor der Nase gehabt. Er tippte gegen die Nadeln und schnupperte. Dieses Ding duftete herrlich. Und eine Beleuchtung hatte es auch.

»Wer ist es?«, rief Grimm aus der Küche.

»Also ...«, verkündete Möhrchen mit ganz viel Geheimnis in der Stimme, »der Weihnachtsmann ist es schon mal nicht. Und jemand anderes auch nicht. Eigentlich steht hier überhaupt kein *einer*. Hier liegt nur ein *etwas*.«

Jetzt kam auch Grimm an die Haustür.

»Vielleicht ist es ein Reserverad für ein Waldauto«, plapperte Möhrchen los. »Oder ein modernes Vogelnest. Ach nein, jetzt weiß ich es. Es ist ein Hut mit Belüftung.« Der kleine Zesel nahm das Ding und setzte es sich auf den Kopf. »Das Loch in der Mitte ist sehr praktisch für Leute mit langen Ohren.«

Grimm lachte. »Von wegen«, sagte er. »Das ist ein Adventskranz. Den hat der Blumenladen geliefert.«

Möhrchen nahm das Ding in beide Hufe und betrachtete es.

»Wozu braucht man so einen Wennskranz?«

»Der hilft beim Warten und zeigt uns, wann Weihnachten kommt«, erklärte ihm Grimm und ging zurück in die Küche.

Der kleine Zesel jedoch blieb im Flur. Er hatte plötzlich keine Lust mehr, Plätzchen zu backen. Stattdessen machte er sich Gedanken.

»Das Ding hier muss auch noch zu was anderem gut sein. Es sieht aus, als ob es ein bisschen baumeln möchte.« Also holte Möhrchen die alte Angel aus dem Keller,

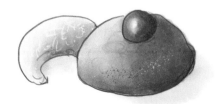

schleppte sie in den Garten und befestigte den Kranz daran. Mit dem Springseil band er die Angel neben der Gartenpforte an den Zaun und bezog Posten. Hier konnte jeder, der vorbeikam, seine Erfindung schon von Weitem sehen. Und weil es so schön windig war, taumelte und baumelte der Wennskranz lustig im Wind.

Zwei Frauen mit Hut und Stock und Regenschirm kamen die Straße entlang. Als sie Möhrchen neben seiner Erfindung sitzen sahen, blieben sie stehen.

»Was machst du denn da?«, fragte die Große mit dem Hut und deutete auf die Angel.

»Das ist ein Wennskranz«, sagte Möhrchen. »So was ist sehr, sehr praktisch. Wenn's uns zu dunkel ist, dann zünden wir seine Kerzen an. Und wenn's nachmittags langweilig wird, dann angle ich uns damit ein bisschen Besuch. Wollt ihr zu uns reinkommen und Plätzchen trinken und eine Tasse Tee essen?«

Die Frauen lachten. »Schrecklich gerne.«

Also kletterte Möhrchen von seinem Aussichtsplatz und nahm die beiden mit zum Buchhändler in die Küche.

»Ich habe uns mal ein bisschen Besuch geangelt, wenn's recht ist.« Er deutet auf die beiden Frauen. Die zwei

Damen schauten sich in der Plätzchenwerkstatt um und nickten Grimm freundlich zu.

»Ich hoffe, wir stören nicht.«

»Natürlich nicht«, sagte der Buchhändler schnell. Schließlich war er ein sehr höflicher Mensch.

»Eben«, sagte Möhrchen. »Lust auf Besuch haben wir immer. Und Kekse sind auch genügend da.«

Das stimmte. Deshalb räumte Grimm auf der Stelle den Tisch frei. Er kochte eine Kanne Tee und holte die Gitarre raus. Erst wurde gesungen. Dann spielten sie Mensch-ärgere-dich-nicht. Es war sehr gemütlich.

Als die beiden Frauen nach Hause gingen, war die Teekanne leer. Von den Keksen aber gab es noch immer bergeweise. Das war auch gut so, denn von nun an setzte

sich Möhrchen jeden Nachmittag, wenn es draußen dämmrig wurde, an die Gartenpforte. Dort saß er unter dem baumeligen Angelkranz und hielt Ausschau nach Besuch. Und fast jeden Tag blieb jemand vor seiner Erfindung stehen, um sich zu wundern. Sie alle ließen sich gerne auf ein paar Haferkekse mit Tee und Gesang in die warme Küche einladen.

So lernten Grimm und Möhrchen in diesem Winter viele neue Leute kennen. Große und kleine. Verschnupfte

und verliebte. Bärtige und blonde. Nur der Weihnachtsmann, von dem Grimm gesprochen hatte, war nicht dabei.

Eines Abends beim Zähneputzen plapperte Möhrchen vor sich hin. »Wer uns wohl morgen besuchen kommt?«, nuschelte er, den Mund voller Zahnpasta. »Vielleicht angele ich uns wieder den kleinen Zahnarzt? Oder das Mädchen mit den Hunden?«

Grimm spülte seine Zahnbürste aus.

»Oh, wer morgen kommt, das weiß ich schon. Der Weihnachtsmann!« So, als sei es das Normalste von der Welt.

Möhrchen verschluckte sich fast vor Überraschung. Er ließ die Zahnbürste sinken und starrte Grimm an.

»Morgen ist Weihnachten?« Den ganzen Tag hatten sie zusammen gespielt und die Küche geputzt und überall in der Wohnung frische Tannenzweige aufgestellt. Von Weihnachten aber hatte der Buchhändler nicht einen Pieps gesagt. Es war doch wirklich nicht zu glauben.

Am nächsten Morgen wurde Möhrchen von etwas Ungewöhnlichem geweckt. Er öffnete sein linkes Auge und spitzte die Ohren. Auf der Straße waren Stimmen zu hören!

Augenblicklich schwang er die Hufe aus dem Bett und lief zum Fenster. Dort unten im Schnee standen eine Menge Leute! Offensichtlich war der Weihnachtsmann nicht allein gekommen.

Möhrchen wickelte sich die Bettdecke um die Schultern wie ein Superzesel und flitzte hinaus an die Gartenpforte.

Vor ihm standen die zwei Regenschirmfrauen. Und der kleine Zahnarzt. Und überhaupt noch eine ganze Menge anderer Keksgäste, die in den letzten Tagen bei Grimm und Möhrchen zu Besuch gewesen waren.

Jetzt trat auch der Buchhändler in den Garten.

»Wer von denen ist es?«, flüsterte der Zesel und drückte sich an Grimms Hosenbein.

»Was meinst du?«

»Na ja, wer von all den Leuten ist der Weihnachtsmann?«

Grimm winkte ab. »Niemand von denen. Das hier sind doch nur die Leute aus dem Dorf.« Er beugte sich zu Möhrchen hinunter und flüsterte: »Der Weihnachtsmann kommt erst heute Abend, wenn es dunkel ist. Und dann bringt er uns auch die Geschenke mit.« Er zwinkerte ihm zu.

»Verstehe«, murmelte Möhrchen, aber eigentlich kapierte er gerade rein gar nichts mehr. Die Leute hier waren zwar keine Weihnachtsmänner, ein Geschenk hatten sie trotzdem dabei. Der kleine Zahnarzt überreichte es dem Buchhändler. Und die Regenschirmfrau erklärte: »Das ist ein kleines Dankeschön von uns allen. Für die vielen gemütlichen Stunden bei euch.«

Dann sangen sie alle zusammen ›Ein Tag mit Zimt und Sternen‹. Möhrchen stand ganz still im Schnee und hörte ihnen zu. Und mit jeder Strophe wurde ihm wunderlicher zumute. Er spürte so ein ganz besonderes Gefühl in seinen Streifen. Vor allem in den dunklen.

»Das also ist Weihnachten«, sagte er leise. Grimm nickte.

»Ja, aber dies hier ist erst der Anfang! Es wird noch viel schöner. Warte nur bis heute Abend. Da wirst du Augen machen!«

»Frohes Fest«, riefen die Leute im Chor und machten sich auf den Nachhauseweg. Grimm und Möhrchen winkten ihnen nach.

»Komm«, sagte der Buchhändler. »Wir kochen uns jetzt erst mal einen Frühstückskakao. Und dann ich erzähle dir die Weihnachtsgeschichte und alles, was du sonst noch wissen musst.« Hand in Huf gingen sie ins Haus zurück, hinein in die warme Küche und in ihr erstes gemeinsames Weihnachten.

Inhaltsverzeichnis